献给弗朗·马努什金

防风镜

〔美〕艾兹拉·杰克·季兹/著·绘　柳漾/译

GUANGXI NORMAL UNIVERSITY PRESS
广西师范大学出版社
·桂林·

"阿尔奇，看看我找到了什么。"彼得在管道的
另一头叫道，"摩托车防风镜！"

阿尔奇通过管道望着彼得，一边听一边微笑。

彼得跑到阿尔奇身边，戴上防风镜。

"不错吧？"他问。

阿尔奇笑着点点头。

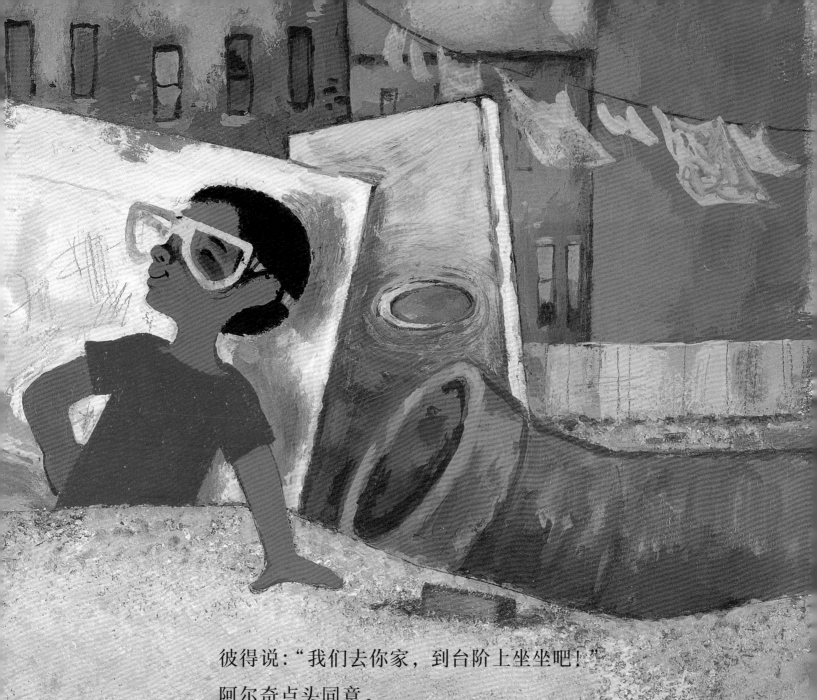

彼得说：“我们去你家，到台阶上坐坐吧！”
阿尔奇点头同意。

他们起身往回走。

突然，出现了几个大孩子。

"小屁孩，把那个防风镜给我们！"

"不行。它是我的！"彼得说。

威利汪汪大叫。

"阿尔奇，看好威利！"彼得小声叮嘱。

彼得迅速把防风镜塞进裤兜，攥紧拳头。

阿尔奇不停地喘气。

彼得转身想看看发生了什么。

防 风 镜

魔法象

为你朗读，让爱成为魔法！
The Magic Elephant Books

魔法象
图画书王国

导读手册

GUANGXI NORMAL UNIVERSITY PRESS
广西师范大学出版社

扫一扫，更多阅读服务等着你

孩子们，面对欺凌我们如何说不？

白宇极 / 教育自媒体《白卷》主编

1969 年，图画书大师艾兹拉·杰克·季兹创作了彼得系列作品中的《防风镜》，本书于 1970 年获得被誉为图画书中的奥斯卡奖的凯迪克银奖。这本书的主题是欺凌，但正如获奖词中所说，在艾兹拉的笔下，它还包含了友情、冒险和勇气，因为小主人公彼得在故事中提供了不一样的解决方式。

故事并不复杂。彼得在废旧的工厂里发现了一个防风镜，他戴上并向小伙伴阿尔奇炫耀："不错吧？"可就在他们转身打算回家的时候，被几个大孩子拦住了。大孩子们威胁说："小屁孩，把那个防风镜给我们！"

这样的场景相信每个人都会觉得熟悉，因为这是所有人在成长中都可能遇到的事。艾兹拉自小在美国纽约的布鲁克林长大，那里移民众多，曾是美国犯罪率最高的地区，被一些人视为混乱、肮脏、罪恶的原住地，所以艾兹拉对这些欺凌的情境司空见惯。

本书面对这一处境，彼得会怎么办呢？他当然没有轻易就范。他迅速把防风镜塞进裤兜，攥

紧拳头准备战斗，但是，他很快就被打倒了。对一个勇敢的孩子来说，反击常常是面对强者的欺凌时第一反应。因为正义在自己这边，屈服总会让自己感到羞耻，起身战斗当然是最佳选择。但毕竟强弱太过悬殊，最后的结果往往并不太妙。

此时，另一个主角出现了。那只和彼得形影不离，在艾兹拉另一部作品《彼得的椅子》中陪他离家出走的小狗威利衔起防风镜就跑。这是整本书中最奇妙的一次转折。艾兹拉没有加入更暴力的情节，或者直接让大人出现来解决问题，而是出乎意料地让一只小狗衔走了最关键的物品。这就让彼得和阿尔奇有了选择另一种方法的契机——趁着大孩子们去追小狗威利的空档，逃走了。不过，他们并没有选择回家，而是回到了发现防风镜的地方。因为此时正义并没有获胜。如果防风镜最终被抢走，他们怎么会甘心呢？守候在那里，不但意味着他们没有放弃，而且还留有后手。

当小狗威利衔着防风镜过来的时候，大孩子

们也追踪而至。艾兹拉写到这里时，故事果然再次发生了有趣的转折。彼得深深地吸了一口气，对着管道大声喊道："威利，到停车场来找我们！"他利用管道传导声音的特性引开了那群大孩子，从而让所有人（和狗）化险为夷了。对读者来说，艾兹拉的安排会引发一个问题：面对大孩子们的欺凌时，可不可以使用谎言来对付他们？

艾兹拉没有直接给出答案，纵观全书，我们甚至没有发现对那些大孩子们谴责的味道，反而有一种淡淡的喜悦、童趣和怀念。或者说，这不是一个用暴力以弱胜强的英雄故事，而更像是孩子们通过智慧和勇气摆脱困境，赢得胜利的冒险旅程。

艾兹拉当然是懂得孩子的，他没有安排成人出场解救，而是让孩子们自己解决了问题。日本心理学大师河合隼雄认为：孩子之间的欺凌与对抗很多时候是一种界限的试探与学习，"他们有自己的方式，互相碰撞，互相切磋。这里面有成长的味道，而我们要切实尊重孩子们的世界"。

其实欺凌是每一个孩子都可能会遭遇的问题，到现在也是世界性难题。它对一个孩子造成的最大危害，就是会在孩子心中制造出恐惧，而恐惧是一个人成长中最大的敌手。这时，最好的手段莫过于勇敢面对，在心中不断告诉自己：不要怕！我可以！而这一点，也正是彼得和阿尔奇在书中所表现出来的状态。

当然了，这个故事提供的方法并不是对付欺凌的万能灵药。艾兹拉没有安排成人出场，其实等同于放弃探讨欺凌的严重性了。有时候，孩子们还可能面对一些更严重的情况。如果暴力不可避免地升级之后，又该怎么办呢？

河合隼雄说，这时候就需要大人们出面了。他们要"变成一堵墙"，一方面给受到欺负的孩子温暖，告诉他们爸爸妈妈永远是他们的后盾。而另一方面，当大人坚决阻止了施暴孩子的恶劣行径时，那些孩子自己也会"松掉一口气"。因为从来没有一个孩子会在作恶中体味到幸福，他也希望大人们帮助他维护界限。大人们在处理这些问题时，切忌由"一堵墙"变成"一个帮凶"。因为那样很容易使战火升级，由孩子之间的小摩擦最终变成了大人之间的大打出手。对孩子来说，这并不是一个好的榜样。

这是一本难得一见的图画书。它不同于那些只是要求孩子们相互包容获得友谊的说教故事，也没有以暴易暴的戾气，而是选择用司空见惯的日常小事唤醒了大家共有的童年，使成人与孩子都能有共鸣，这大概就是真正的图画书大师与平常画者的区别吧。

《防风镜》的绘画水平极高，背景几乎就是当时城市特征的再现。即使不看文字，也让人有身临其境的感觉。"日本绘本之父"松居直认为，对图画书来说其实读图与看内容同等重要。这也从一个侧面说明了，《防风镜》完全匹配凯迪克大奖。

媒体推荐

　　孩子非常需要心理上的软着陆，让他可以把自己过去的旧时光和迎面而来的新生活连接起来。虽然每个孩子的生活轨迹各不相同，但那种面对分离时的悲伤，那种对陌生环境的恐惧和本能的自我保护，都是一样的。而当两者连接起来的时候，他会发现，虽然生活的场景改变了，可是，那些善意、友情、游戏、陪伴……依然会重新出现在他的生命当中。

—— 蔡冬青（儿童文学硕士）

　　这是一个安静的故事。一个鞋盒把路易带回搬家前的旧时光。搬到新街区后，他也交到了新朋友。

—— 美国《出版人周刊》

　　主人公路易有一个艺术灵魂。路易搬家后孤独、不安，他用鞋盒做了一个透景模型，想象那里有以前的家、有老朋友们。路易的艺术心帮他赶走了孤独。

—— 艾兹拉·杰克·季兹基金会官网

著绘者简介

艾兹拉·杰克·季兹（Ezra Jack Keats）

　　美国知名作家、艺术家，1916年出生于布鲁克林，一生大部分时间在纽约度过。他是美国第一位以小黑人为主角的童书创作者，希望借由图画书消弭种族歧视。他的第一部作品《下雪天》获得了1963年美国凯迪克大奖金牌奖。

　　艾兹拉从小就展露出艺术天分。第二次世界大战后，他前往巴黎深造。在美国第五大道，现仍有许多店面在展示他的油画作品。艾兹拉·杰克·季兹基金会每年颁发艾兹拉·杰克·季兹奖，鼓励优秀的童书创作者。

艾兹拉·杰克·季兹 @ 魔法象：

《逛了一圈》

别害怕，勇敢地认识新朋友，新旅程里一定会有同样的善意。

艾兹拉·杰克·季兹 / 著·绘　　柳漾 / 译

作者所获荣誉：

1963 年美国凯迪克大奖金牌奖

1970 年美国凯迪克大奖银牌奖

1970 年美国《波士顿环球报》号角图画书奖

1977 年美国国际阅读学会 / 美国童书协会儿童评选奖

1996 年作品入选纽约公共图书馆"20 世纪最有影响力的 150 本图书"

本书所获荣誉：

1977 年儿童选择奖

美国儿童研究会童书奖

定价：36.80 元

印张：2.5

开本：16 开

适读：2~4 岁、4~8 岁

出版：2017 年 8 月

领域：艺术、社会、语言

装帧：精装

要点：友谊、成长、回忆、手工

ISBN：978-7-5598-0027-5

📖 内容简介

　　路易跟随父母搬去了新街区，他不得不离开心爱的小伙伴。为了排解悲伤和孤独，路易发挥他的艺术天分，用鞋盒做了一个透景模型，把卡纸裁成过去生活的街区的样子，放进鞋盒里。这个小小的透景模型有神奇的作用，能把他的思绪带回过去的时光，能把他带回老朋友们的身边。在回忆里，他和小伙伴们一起游戏、过万圣节。但是，回忆结束，路易要面对真正的新生活，融入新的集体。这天正好是万圣节，路易要踏出他面对新生活的第一步。

　　当路易穿上变装服加入新朋友当中时，所有人都友好地面对着他，这让他有了被接纳的安全感。

以现实主义的眼光观察黑人儿童

阿佛 / 儿童阅读推广人

艾兹拉·杰克·季兹从小酷爱绘画。如同所有美国人一样，艾兹拉一家在大萧条期间饱受磨难。1935 年他高中毕业前，以油画《烤火的流浪汉》获得全美学子公开赛首奖。虽然获得了三所艺术学校的奖学金，但因为家庭经济问题，他还是无法进入大学深造。1953 年出现了转机：他画封面的一本成人书《迈向音乐》出版了，被摆放在纽约最繁华的第五大道双日书店的橱窗里。克罗威尔出版公司的童书编辑伊丽莎白·赖利慧眼识珠，邀请艾兹拉为王牌作家 E.H. 兰辛的儿童小说《实在欢欣鼓舞》画插画，艾兹拉从此走进童书的天地。从 1962 年至 1972 年，艾兹拉创作了七部彼得系列作品，《防风镜》(1969 年)是其中的第五部。如果说《下雪天》让童书中第一次出现了黑人儿童的形象，那么《防风镜》就是为数不多描写肮脏的黑人街区里的儿童的作品。

《防风镜》讲述了主人公彼得和朋友阿尔奇、小狗威利机智应对街头恶霸欺凌的故事。故事直接来源于艾兹拉小时候的经历。小狗威利的名字来自艾兹拉的哥哥。艾兹拉的父母都是波兰犹太人，先后移民到了美国。艾兹拉一家长期处于社会底层。《防风镜》中肮脏的社区，是艾兹拉从小生活的布鲁克林的真实写照。

艾兹拉笔下重现了少数族裔的生活场景：街道高低不平、非常肮脏，荒地是孩子们的游乐场，大孩子经常欺负小小孩，高高的烟囱排放着黑烟。可以说，这是一幅现实主义场景。这本童书褪下了温情脉脉的一面，告诉世人：还有很多孩子生活在这样糟糕的地方。这在当时的童书中是非常少见的题材。

彼得在荒地里捡到了一副防风镜，确切来说是被丢弃的没有镜片的摩托车镜。于是，这副眼镜就成为孩子们模仿大人的道具。当彼得戴上这副没有镜片的防风镜时，昂头挺胸的神态把内心的欢喜表露无遗。即便是欺负小孩的大孩子，他们的目标也是这副破防风镜。艾兹拉就是用画笔提醒读者们：一样的童年，不一样的环境。

在《防风镜》中，艾兹拉还用精湛的画笔完美重现了一个物理空间。如果你盯着围墙上那个破洞看，前后页之间，破洞时有时无，那是因为观察的视角、视距与人物的空间位置发生了变化。书中，有几处作为空间标识的物体，把众多局部和细节编织成一幅大场景。前后环衬上满是儿童涂鸦，主要有房子、蓝色小人、红色轮船、蓝色轿车。涂鸦画是作品中很重要的背景。结合前后文，把这些涂鸦作品从左到右串联起来，就构成了具有典型街头文化的空间背景。同时，旧床架和破门板串联起书中两个分割开的空间：在正文第一页，床架、门板出现在最左侧，右边就是发现防风镜、遭遇抢劫的荒地。倒数第二页，床架、门板出现在最后侧，孩子与狗向左面狂奔，跑向相对整洁的居住区。

贫困的童年依然是童年。这些黑人孩子用涂鸦艺术展示着儿童天然的想象力。这部作品再一次证明，优秀图画书的图像一定会说话。

艾兹拉·杰克·季兹原名雅各布·艾兹拉·卡兹，卡兹是东欧犹太人常用的姓氏，雅各布、艾兹拉（又译"以斯拉"）都是犹太祖先与先辈的名字。20 世纪 40 年代美国反犹主义甚嚣尘上，身为东欧犹太移民的儿子，虽然躲开了纳粹德国屠杀犹太人的厄运，但在被誉为新世界的美国感受到了种族歧视。他对歧视的切身感受反倒让他对少数族裔等主流之外的边缘人群分外同情并深深理解。20 世纪 60 年代末到 70 年代，也就是创作《防风镜》前后的这段时期，艾兹拉受到白人文学界的猛烈批评。作为"局外人"，白人作者或画家并不了解少数族裔文化，作品代表了一种不良的文化定势思维，白人无权创作黑人作品。与之相反，恰恰从《下雪天》开始，非洲裔美国作家、画家开始了创作，就像杰瑞·平克尼所说的那样，他们站在了一批巨人的肩膀上。而这些巨人中就有艾兹拉。

从 1938 年至今，凯迪克奖平均每年评选 4.2 部得奖作品。在整个 60 年代，似乎评委们都非常严苛，每年只评 1 个金奖和 1～3 个银奖。而 1970 年，也只是评出了 1 个金奖、5 个银奖，由此可见竞争之激烈。在这 6 部作品中，首次登场的威廉·史塔克以《驴小弟变石头》获得金奖，李欧·李奥尼以《亚历山大和发条老鼠》第四次屈居银奖。《防风镜》也摘取了 1970 年凯迪克银奖，这反映出艾兹拉在当时童书界的地位。

成名后的艾兹拉始终坚持艺术创作和讲学，他鼓励儿童"坚持阅读"。晚年的艾兹拉，设立了艾兹拉·杰克·季兹奖，以此鼓励优秀的青年画家和学生。艾兹拉经常引用来自一位小读者来信中的一句话："我们喜欢你，因为你有孩子的心灵。"未婚、无子、终生与抑郁症抗争，对于艾兹拉而言，彼得、阿尔奇以及所有的小读者都是他的孩子。

为你朗读，
让爱成为魔法！

没等彼得反应过来，他已经被揍倒在地。
大家都盯着防风镜。

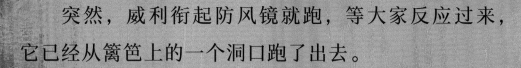

突然，威利衔起防风镜就跑，等大家反应过来，它已经从篱笆上的一个洞口跑了出去。

那些大孩子马上追了出去。

"我们在刚才那儿见！"彼得小声对阿尔奇说，"你从这边走，我走那边。他们不会想到我们要去哪儿，反正威利会找到我们的。"

彼得向藏身的洞口跑去。

他尽量蹲低一些。

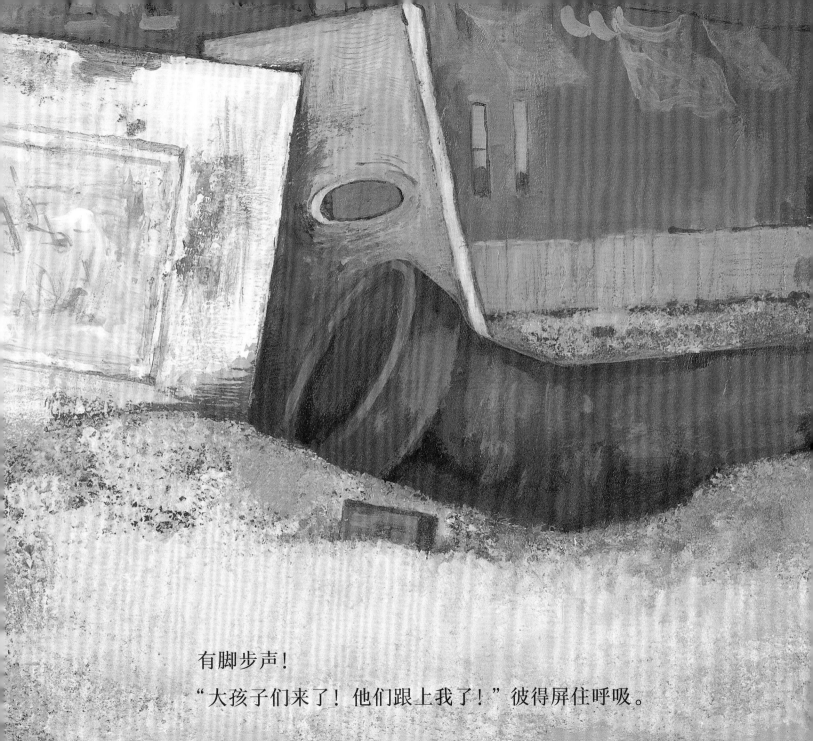

有脚步声!

"大孩子们来了!他们跟上我了!"彼得屏住呼吸。

是阿尔奇！

快看！

阿尔奇顺着管道向另一头望。

大孩子们过来了，威利就在不远的地方。
他们马上就要发现威利了 。

阿尔奇盯着管道。

突然他小心翼翼地喊道："嘿，威利。从管道里过来，快点儿！"

威利，真棒！

彼得继续瞄。

大孩子们要过来了——

越来越近……

彼得深深地吸了口气。

然后，他对着管道用力地喊："威利，到停车场来找我们！"

"快去停车场！"其中一个男孩大喊，"我们走！"

彼得、阿尔奇和威利偷偷地从藏身洞溜了出来。
快到篱笆时，他们立即跑了起来。

他们终于到了阿尔奇的家门口。

阿尔奇笑着说："我们把他们耍了，是不是？"

"没错。"彼得一边说，一边把防风镜递给阿尔奇。

"现在，一切看起来都很不错。"阿尔奇说。

"确实！"彼得说。